CUENTAMÉRICA

OTROS TÍTULOS DE ESTA COLECCIÓN

LO QUE CUENTAN LOS GUARANÍES

Dirección Editorial
Canela
(Gigliola Zecchin de Duhalde)

Diseño gráfico:
Helena Homs

Tejido de tapa:
Chaleco de chaua (detalle).
Técnica: anillado de fibra vegetal
de antigua tradición indígena.
(Gentileza Ruth Corcuera)

Primera edición: marzo de 1998
Segunda edición: junio de 1999

ISBN 950-07-1337-3

LO QUE CUENTAN LOS GUARANÍES

Miguel Ángel Palermo

Ilustraciones:
María Rojas

Hubo un tiempo en que los guaraníes fueron muchos y eran dueños de buena parte de la selva sudamericana.

Allí se ganaban la vida cultivando la tierra, recogiendo frutos silvestres, pescando y cazando. Y del monte sacaban cientos de plantas medicinales. Conocían el laberinto de ríos y arroyos que cruzan la selva, y por ellos viajaban veloces en sus canoas, seguros de su fuerza y de su conocimiento.

Muchas, muchas veces hacían la guerra, pero también hacían poesías. A la luz de los fogones en la noche, siempre les gustó contar historias y, además, cantarlas.

Este libro quiere recoger algunas de esas historias, que tienen héroes de cuerpo resplandeciente como el Sol y seres malvados que se apropian del fuego, aventuras de dioses y hazañas de gente común. Historias que nos hablan de un mundo que se fue haciendo de a poco, con el puro poder de las palabras.

EL ORIGEN DE LA TIERRA

Cuentan los guaraníes que en el principio de los tiempos estaba sólo Ñanderú, el Dios Creador. Ñanderú se había hecho a sí mismo, de a poco.

En ese entonces no había nadie ni nada más que él. Pero en su soledad, Ñanderú empezó a crear. Lo primero que creó fue el lenguaje de los hombres, las palabras. Y entonces quiso que alguien más pudiera hablar, y por eso creó a otros dioses: fueron cuatro parejas, que a su vez iban a tener hijos que también serían dioses.

Ñanderú siempre llevaba un bastón largo en la mano, y un día quiso que la punta engordara, más y más y más. De allí salió la Tierra, de a poquito.

Para que la Tierra no se moviera demasiado, creó entonces una palmera. Pero no era una palmera común, sino una palmera que iba a durar para siempre y que estaba justo en el medio de la Tierra. Después creó otra palmera igual, pero a ésta la ubicó en el Este (que es por donde sale el Sol); hizo otra en el Oeste (que es por donde se va el Sol), otra en el Norte y también otra más en el Sur. Y así, con esas cinco palmeras que iban a vivir siempre y sin secarse nunca, la Tierra quedó como clavada, bien firme.

Al cielo lo dejó apoyado sobre cuatro columnas, cuatro postes de madera iguales a su bastón.

Fue entonces cuando Ñanderú se puso a hacer los animales y las plantas.

Uno de los primeros que voló por el aire fue el Colibrí. La Víbora fue la primera que se arrastró por el suelo. Y la primera en cantar fue la Cigarra.

Los guaraníes dicen que, ya en esos primeros días del principio, Ñanderú había hecho la Tierra toda tapada por una selva que no acababa más. Pero después pensó que era mejor que también hubiera campos sin árboles, y entonces creó a la Langosta. La Langosta iba por todos lados, a los saltos, y en algunos lugares clavaba la cola en el suelo (igual que hacen ahora todas las langostas para poner sus huevos). En ese lugar desaparecían los árboles y crecía el pasto. Fue así como hubo llanuras, después de que vino la Langosta.

Cuando estuvieron listos estos campos con pasto y sin árboles, llegó la Perdiz, que se alegró de verlos, cantó de contenta y se quedó a vivir ahí.

Después Ñanderú inventó al Tatú (el armadillo), que se puso en seguida a escarbar en el piso, porque ahí abajo iba a vivir y ése iba a ser su lugar.

En cambio, la Lechuza –que vino después– quedó como dueña de la oscuridad. Por eso sale nada más que de noche y duerme de día.

Pronto aparecieron otros muchos animales y también los primeros hombres y las primeras mujeres.

Entonces, Ñanderú se volvió al cielo y les dejó encargado a los otros dioses que cuidaran bien de todas las cosas.

Pasó el tiempo. Algunas de estas primeras personas de la Tierra se habían hecho muy buenas, pero otras se habían vuelto muy malas. No todo andaba bien, y por eso los dioses decidieron que era mejor hacer algunos arreglos y cambios.

Y para no hacer las cosas a medias, mandaron un diluvio: llovió y llovió sin parar, días y meses. Toda la Tierra se inundó. La gente buena pudo subir al cielo con Ñanderú, pero los que eran malos se transformaron en animales: ranas, peces y muchos más.

Después del diluvio, Ñanderú llamó a otro de los dioses, uno de sus hijos que se llamaba Jakaira, y le pidió que se encargara de hacer de nuevo la Tierra. Y Jakaira, a su vez, le dio ese trabajo a su hijo Pa-pa Mirí.

Pa-pa Mirí trabajó mucho, amasando la Tierra nueva y llenándola de árboles y de pasto. Hizo nuevas plantas y nuevos animales. Hizo ríos y arroyos. Hizo piedras.

Pero parece que antes de que terminara lo llamó la madre, porque lo quería ver, y Pa-pa Mirí dejó las cosas como estaban y se fue con ella. Y dicen los guaraníes que por eso ahora hay montañas, que no son sino unos molestos montones de tierra y de piedras que le sobraron al dios y que a la gente no le sirven para nada.

EL PRIMER FUEGO LLEGA
A LOS HOMBRES

Después del diluvio, el dios Pa-pa Mirí hizo la Tierra de nuevo.

Cuando estaba acabando su trabajo, pensó que a la gente todavía le faltaban algunas cosas para vivir bien. Lo primero era el fuego, ya que los hombres de esos tiempos antiguos no lo conocían. Por eso no podían cocinar. Tampoco podían encender fogones para calentarse en las noches de frío y sentarse a charlar alrededor de la luz.

En esa época, sólo unos pocos tenían fuego, pero ésos no eran ni hombres ni animales sino unos seres malvados que se llamaban Futuros Cuervos. Vivían en

una montaña, no querían compartir el fuego con nadie y, para colmo, les gustaba comerse a los hombres. Y lo que resultaba peor todavía: eran poderosísimos.

Pa-pa Mirí decidió sacarles el fuego a los Futuros Cuervos y dárselo a los hombres. Llamó a Cururú, el Sapo, para que lo ayudara. (Ya ven cómo hasta un bicho chico, si es bueno, puede ayudar a un dios.)

—Vení, mi hijo Cururú —le dijo Pa-pa Mirí—. Vos me vas a ayudar a conseguir fuego para todos. Porque vos sos chiquito pero hay algo que sabés hacer muy bien, y es atrapar cualquier cosa que ande volando. Y acá van a volar brasas.

Cururú no entendía bien, pero de todos modos estaba orgulloso —hasta un poco hinchado de orgullo, dicen— porque nada menos que Pa-pa Mirí lo quería como ayudante.

—Yo te voy a explicar bien –le dijo el dios. Se agachó para hablarle al oído y le dijo, muy bajo–: Bss bss bss. ¿Entendiste? Y después, bss, bss bssss. Y entonces ¡bs!, ¿estamos, mi hijo Cururú?

Claro: ustedes no entendieron lo que se dice nada de nada, porque Pa-pa Mirí hablaba en secreto para que no lo oyeran los Futuros Cuervos (que aunque estaban lejos, tenían un oído excelente). Pero Cururú sí que entendió. Dio dos saltitos y dijo que sí.

Entonces, Pa-pa Mirí y el Sapo se fueron para la montaña donde vivían los comegentes dueños del fuego. Caminaron mucho. Bueno, la verdad es que el que caminaba era Pa-pa Mirí: Cururú iba salta que te salta.

Cuando llegaron, Pa-pa Mirí se tiró al suelo y se quedó inmóvil. Parecía muerto. El Sapo se quedó quieto entre el pasto, un poco más allá, y –como era chico y de color verde– nadie lo veía. Pero él sí que veía y miraba bien todo lo que pasaba.

Al rato aparecieron los Futuros Cuervos y encontraron a Pa-pa Mirí tirado en el piso. Se alborotaron mucho.

–¡Mmmm! –dijeron–. ¡Comida! ¡A cocinar! ¡Vamos a hacer un asado con éste!

Empezaron a correr, juntando ramas, y encendieron un fuego encima de Pa-pa Mirí. Pero él no se quemaba (¡por algo era un dios!). Cuando el fuego estuvo bien fuerte y ya se había formado un montón de brasas, Pa-pa Mirí puso en marcha la parte principal de su plan, que nadie más que Cururú conocía. La idea era hacer saltar brasas y que el Sapo pudiera pescar alguna al vuelo y llevársela.

Así que espió con disimulo y, cuando ninguno de los Futuros Cuervos miraba, de repente arqueó el cuerpo con fuerza. Saltaron carbones encendidos para todos lados. Algunos cayeron cerca de Cururú, que pegó un salto para adelante y estiró larga la lengua; pero no pudo atrapar nada.

Pa-pa Mirí miró a Cururú y levantó las cejas como preguntándole. El Sapo dijo que no con la cabeza.

Los Futuros Cuervos estaban extrañados: ¿por qué había saltado así el fuego? Se fijaron en Pa-pa Mirí y lo vieron quieto como antes; se encogieron de hombros y fueron a buscar más leña.

Entonces, Pa-pa Mirí esperó a que se hicieran más brasas y arqueó el cuerpo otra vez, con más fuerza que antes. De nuevo saltaron los carbones encendidos y es-

ta vez Cururú dio un buen brinco, estiró rápido la lengua, ¡y atrapó una brasa al vuelo, como si hubiera sido una mosca!

A mí no me pregunten cómo hizo para no quemarse, porque no sé: casi seguro que Pa-pa Mirí había armado alguna magia para que pudiera aguantar el fuego en la lengua. La cuestión es que Cururú se metió la brasa en la boca y se quedó como si nada.

Pa-pa Mirí le preguntó otra vez con las cejas, desde lejos. Cururú dijo que sí con la cabeza, y con el dedito índice y el pulgar hizo una seña que quería decir "Un poquito".

Entonces, el dios se paró entre el fuego, limpiándose brasas y carbones con las manos, y dijo en voz alta:

—¡Un poquito basta, mi hijo Cururú! ¡Vamos rápido!

Los Futuros Cuervos se quedaron pasmados. ¿Cómo había hecho ese hombre, que ellos creían ya medio asado, para levantarse como si nada?

Pa-pa Mirí se fue con el Sapo y, cuando estuvieron lejos, le dijo:

—Largá el fuego, mi hijo.

Cururú escupió la brasa.

—Ahora, corré a buscar mi arco y mis flechas.

El Sapo salió a los saltos largos y volvió en seguida con lo que le habían pedido. Con la brasa, Pa-pa Mirí prendió fuego a la punta de una de las flechas y la tiró con el arco contra un árbol de laurel. La flecha se clavó y el tronco hizo "Puff" pero no se quemó: fue como si se hubiera tragado la llama.

Después, con un poco de brasa que quedaba, el

dios encendió la punta de otra flecha y la tiró contra una planta que se llama *bejuco subterráneo*. Pasó lo mismo.

Entonces, Pa-pa Mirí llamó a la gente y les dijo que en la madera de esas dos plantas estaba escondido el fuego. Que cuando quisieran tenerlo, tenían que cortar un buen pedazo de bejuco, hacerle un agujerito, meter allí la punta de una flecha (que se hace, justamente, con madera de laurel) y hacerla dar vueltas muy rápido: en seguida saldrían las llamitas.

Desde entonces, los guaraníes hicieron fuego de ese modo.

Después, para que los Futuros Cuervos no siguieran haciendo el mal, Pa-pa Mirí los convirtió a todos en unos pajarracos negros a los que la gente del campo llama *cuervos* o *jotes*. Los guaraníes les dicen *urubú*.

NUESTRO SEÑOR DEL CUERPO COMO EL SOL Y SU HERMANO FUTURA LUNA

Dicen los guaraníes que hace mucho pero mucho tiempo, en la misma época en que el dios Pa-pa Mirí andaba por el mundo acabando de darle forma, apareció un chico. Este chico también era un dios, y fue uno de los primeros en poblar la Tierra. Se llamaba Paí Reté Kuaraí, que en guaraní quiere decir "Nuestro Señor del Cuerpo como el Sol" o "Nuestro Señor del

Cuerpo Resplandeciente", porque tenía el cuerpo brillante como la luz.

Este chico luminoso vivía solo, pero sabía arreglárselas por su cuenta sin problemas. Había aprendido a cazar y a pescar sin que nadie le enseñara y así conseguía qué comer. También sabía cocinar.

Un día en que Paí Reté Kuaraí estaba muy tranquilo paseando por el monte, se encontró con unos seres a los que nunca había visto, en toda su vida. No eran ni hombres ni animales y se llamaban Seres Primitivos. Eran malos, muy malos, y les encantaba comerse a todo el que se les acercaba. Por eso, cuando vieron al chico, dijeron:

—¡Llegó el almuerzo! ¡Qué bueno, este chico luminoso!

Pero como eran muy falsos, cuando él se acercó lo saludaron muy amables y sonrientes, haciéndose los simpáticos, y empezaron a charlar: que si esto, que si lo otro... Y mientras unos lo entretenían y lo distraían así, otro de ellos se fue por detrás de los árboles, escondido como un cazador, con su arco y su flecha. Cuando estuvo cerca, le tiró un flechazo por la espalda (¡qué traicioneros que eran estos Seres Primitivos!).

Pero Paí Reté Kuaraí no era un chico común: era muy poderoso porque era hijo del creador Ñanderú. Por eso, la flecha le pegó, gracias a la buena puntería del Ser Primitivo, pero a él le rebotó. De todos modos parece que sintió algo, porque dijo:

—¡Epa! ¡Un mosquito! —Pero no se dio cuenta de lo que había pasado.

El Ser Primitivo que había tirado se rascó la cabeza, extrañado: ¡nunca había visto algo así! Entonces, vino despacito otro y le dijo:

–¡Qué flojo que sos! ¡Dejáme tirar a mí ahora!

Estiró la cuerda del arco y tiró otro flechazo. Dio en el medio de la espalda de Paí Reté Kuaraí, y rebotó también.

–Pero, ¡estos mosquitos! –dijo el chico. Se dio un manotazo en la espalda y siguió conversando.

Entonces el más fuerte de los Seres Primitivos preparó su arco, fue por detrás de Paí Reté Kuaraí, estiró tanto la cuerda que parecía que la iba a romper, y le tiró un flechazo como para pasar de lado a lado un tronco de árbol.

Los Seres Primitivos vieron venir la flecha, que zumbaba por el aire. Vieron cómo se acercaba más y más al chico (que miraba para otra parte) y pensaron: "¡Ahora sí que sonó éste!". Pero la flecha pegó y rebotó igual que las otras dos. Paí Reté Kuaraí dijo:

–Este mosquito, o era muy grande o era un tábano. Me picó más fuerte que los otros.

Los Seres Primitivos no sabían qué hacer.

–Que se vaya, con éste no se puede –decían algunos.

–Y bueno, mejor esperemos un poco, a ver si encontramos la forma de cazarlo. Mientras tanto, crece, se hace más grande y entonces tendremos más para comer –dijo otro.

Y así fue como los Seres Primitivos disimularon, hicieron como si no hubiera pasado nada y lo invitaron a quedarse un tiempo con ellos. Paí Reté Kuaraí aceptó.

Pasaron varios días y el chico resplandeciente pensó que sería bueno tener un hermano porque, así solo, ya se estaba aburriendo. Entonces usó su poder. Cortó una hoja de árbol, la sopló y ¡zas!, la hoja se convirtió en otro chico, que fue su hermano menor y se llamó Yacyrá, que en castellano quiere decir "Futura Luna".

Cuando nació, Yacyrá no era un bebé: ya estaba bastante crecido, podía caminar y hablar, y en seguida fue un buen compañero para Paí Reté Kuaraí. Los dos salían a caminar, cazar y pescar juntos, muy con-

tentos. (Y los Seres Primitivos estaban contentos también; porque ahora esperaban comerse a dos.)

Un día, los hermanos vieron que los Seres Primitivos estaban sin comida y decidieron conseguirles algo. Se fueron al monte y empezaron a buscar animales para cazar, pero no encontraban nada. De repente, vieron un loro parado en la rama de un árbol. "¡Algo es algo!", pensaron, y le tiraron un flechazo. Pero la flecha le pasó cerca sin pegarle.

Claro que, si Paí Reté Kuaraí y Yacyrá no eran chicos comunes, éste tampoco era un loro común. Se llamaba Loro del Discreto Hablar y era un animal sabio, que conocía un montón de cosas.

Cuando la flecha le pasó zumbando y estuvo a punto de ensartarlo, el loro se enojó, como era de esperar. Miró a los dos hermanos de costado, con un ojo, como siempre miran los loros, y les dijo:

—¡Qué bonito! ¡Ustedes salen a cazar para ayudar a esos que están esperando para comérselos! ¡Qué vivos que son ustedes dos! —porque este loro sabía toda la historia de cómo los Seres Primitivos habían querido matar a Paí Reté Kuaraí.

Los otros se quedaron muy sorprendidos. No sabían qué decir. Después, empezaron a preguntar y el Loro del Discreto Hablar (que de discreto no tenía nada porque hablaba y hablaba y hablaba) les dijo quiénes eran esos Seres Primitivos, que a los chicos les parecían tan

simpáticos. Y les contó qué planeaban: ¡esperar el momento justo y mandarlos a la parrilla! También les contó de todos a los que ya se habían comido.

A Paí Reté Kuaraí le dio mucha rabia y se puso a pensar cómo vengarse y cómo sacar del medio a esos Seres Primitivos, que eran un peligro. Pensó y pensó, y al fin se le ocurrió. Le dijo a Yacyrá:

—Por ahí hay un río con mucha correntada, que pasa entre unas barrancas muy altas, ¿te acordás? Y hay un tronco de árbol caído que sirve para cruzar, ¿viste? ¿Sabés qué pensé? Vamos a hacer que los Seres Primitivos pasen por ahí, y cuando estén en el medio del tronco, hagamos fuerza uno de cada punta y démoslo vuelta, para que se caigan. Vos escondéte cerca y esperá a que te haga una seña. Entonces, vení pronto y ayudáme. ¡Ya vas a ver lo que les pasa a esos sinvergüenzas!

Los hermanos se fueron corriendo, uno para cada lado. Yacyrá cruzó el río y se escondió entre las plantas, cerca del tronco. Paí Reté Kuaraí llegó a donde estaban los Seres Primitivos y les dijo:

—¡Al otro lado del río está lleno de unos árboles con fruta muy buena! ¡Vengan! ¡Yo los llevo al lugar!

Los otros le creyeron y lo siguieron. Al llegar al río, les dijo:

—Crucen por el tronco, que yo voy atrás.

Pero cuando estaban por la mitad, a muchos metros sobre el agua, el chico del cuerpo resplandeciente le hizo una seña al hermano, el otro saltó y entre los dos —uno de cada punta— dieron vuelta el tronco. Los Seres Primitivos trataron de hacer equilibrio revoleando los brazos y las piernas, pero se cayeron. Entonces, Paí Reté Kuaraí les gritó unas palabras con poder mágico:

—¡Conviértanse en animales del agua!

Y apenas al caer iban tocando el agua del río, se convertían: unos en nutrias, otros en yacarés, otros en peces y en varios animales más. Así pasó con todos, menos con una mujer de los Seres Primitivos que iba adelante en la fila. Porque ésta era muy ágil y, aunque estaba embarazada y con una gran panza, pegó un salto enorme. Tan grande fue el salto, que en lugar de caerse al río pudo llegar a la otra orilla, pasando por encima de Yacyrá.

Cuando Paí Reté Kuaraí vio que ella se había salvado, se puso furioso y –sin pensar en lo que estaba diciendo– le gritó otras palabras de poder mágico:

–¡Ser horrible! ¡Dormíte y después despertáte, y que cuando te despiertes todos te tengan miedo para siempre y nadie se te quiera acercar!

La mujer se quedó dormida ahí mismo. Cuando despertó, se encontró rara. Y tenía razón en sentirse así, porque se había convertido en un yaguareté, esa fiera que es como un tigre manchado. Ése fue el primer ya-

guareté que hubo sobre la Tierra. En poco tiempo estuvo de parto y tuvo mellizos: una pareja de yaguaretecitos que pronto fueron dos fieras temibles y a su vez tuvieron crías, y de ese modo hubo cada vez más yaguaretés.

(Los guaraníes ponen este caso como un ejemplo de que cuando uno está muy enojado tiene que cuidar bien la lengua y fijarse con atención qué dice, para no hacer disparates. Si el chico resplandeciente no hubiera perdido la cabeza y dicho eso, ahora no habría yaguaretés, que son tan lindos pero tan peligrosos en la selva, y dan tanto miedo.)

Los hermanos crecieron. Paí Reté Kuaraí inventó algunas plantas nuevas y le explicó al hermano para qué servían otras que ya estaban en el mundo: cuáles daban buena fruta para comer, cuáles había que cocinar, cuáles se podían comer crudas...

Y creó también la yerba mate (tan usada por los guaraníes y mucho después por los criollos), haciéndola crecer de los hombros de una mujer que estaba triste:

–Alegráte –le dijo–: ahora ya toda la gente va a tener esta planta para tomar mate –y la mujer se puso contenta.

Después, Paí Reté Kuaraí se quedó solo, porque Yacyrá se metió en un problema y se tuvo que ir. Es que había tomado la mala costumbre de entrar de noche en las casas ajenas, cuando todos dormían. Iba en puntas de pies, revolvía todo y espiaba y tocaba a las

personas dormidas. A veces alguno se despertaba y trataba de atraparlo, pero él era rápido para escabullirse y, en la oscuridad, no se daban cuenta de quién era. Hasta que una mujer decidió marcar al espión para después reconocerlo de día. Para eso, se emplastó la mano con el jugo oscuro que se sacaba de un árbol, se quedó acostada, quieta, y cuando él entró a la noche y se acercó, le enchastró la cara. Nunca se pudo sacar las manchas.

Entonces, Yacyrá –muerto de vergüenza– no quiso vivir más en la Tierra y le dijo a su hermano que se quería mudar al cielo. Paí Reté Kuaraí le enseñó cómo:

le dio su arco y un montón de flechas, y le dijo que apuntara al cielo y tirara.

Yacyrá le hizo caso. La flecha salió volando, con un zumbido, y al rato se oyó un ruidito, un "puc" muy lejano: se había clavado en el cielo. Entonces el hermano mayor le dijo que tirara otra flecha para que se clavara en la punta del palo de la anterior. Yacyrá apuntó bien (tenía una puntería notable, porque la flecha casi no se veía ahí arriba) y tiró otra vez. La segunda flecha salió volando y al rato se oyó otro "puc" lejano: se había clavado en la primera. Después hizo lo mismo con otra flecha y con otra y con otra y con otra y con otra y con otra, hasta que se formó una especie de cuerda de flechas, cada una ensartada en la anterior, que iba desde el cielo hasta cerca del piso. Yacyrá las usó para trepar, llegó al cielo y ahí se quedó para siempre.

En seguida se convirtió en la Yacy, la Luna. Y ahora se lo puede ver en el cielo, todavía con la cara manchada. Y por eso es que antes tenía bien puesto el nombre de Yacyrá, es decir "Futura Luna".

CHARIA HACE LAS COSAS DIFÍCILES

Dicen que Paí Reté Kuaraí, Nuestro Señor del Cuerpo como el Sol, estuvo mucho tiempo en la Tierra, preparando las cosas para cuando aparecieran en ella los primeros guaraníes.

Pero en ese entonces llegó un ser que se llamaba Charia, que era tan poderoso como Paí Reté Kuaraí pero embrollaba todo. Empezó a ir siempre por detrás de Nuestro Señor del Cuerpo como el Sol y tenía la manía de cambiar las cosas buenas que él hacía.

Paí Reté Kuaraí inventó las abejas y las avispas que dan miel, para que cuando hubiera gente en la Tierra tuviera algo dulce para comer. Y decidió que en cada árbol hubiera una colmena; de esa manera, siempre habría miel a mano.

Pero Charia dijo:

—¿Para qué tan fácil? ¡No me gusta! ¡Que trabajen los hombres! ¡Que haya colmenas nada más que en algunos árboles, y que la gente tenga que caminar mucho para encontrarlas!

Y, con su poder, hizo desaparecer la mayor parte de las colmenas.

Después, Paí Reté Kuaraí hizo que todos los árboles tuvieran fruta buena para comer. Dijo unas palabras poderosas y en un solo momento quedaron cargados de fruta. Y era fruta colorida, jugosa, fresca y dulce. Pero al rato Charia vio esto y dijo:

—¡Ja! ¡Así, qué fácil les va a resultar todo a los hombres! ¡No van a tener más que estirar la mano y pescar una fruta! ¡No me gusta! ¡Que trabajen! ¡Que sólo unos pocos árboles tengan fruta que sirva para comer!

Y otra vez, con su poder, hizo que la mayor parte de los árboles perdieran sus frutas, que eran tan vistosas y que hubiera sido un gusto comer. En su lugar, y desde entonces, muchos de ellos empezaron a tener unos frutitos tan chicos que dan lástima, o con mal gusto, o durísimos, o que dan dolor de barriga si uno los come.

—¡Ji, ji, ji! —se reía Charia.

Después, Paí Reté Kuaraí creó las plantas cultivadas para que los hombres tuvieran sus plantaciones. Y entonces dijo:

—Para que a la gente no le falte nunca su comida, ¡que estas plantas crezcan en un solo día! ¡Que las siembren a la mañana, y que a la noche ya estén listas para cosechar!

Pero Charia, que lo estaba espiando, dijo:

—¿Para qué tan fácil? ¡No me gusta! ¡Que tarden meses en crecer y madurar!

Y, con su poder, así fue.

Paí Reté Kuaraí creó a la Anguila, que no le hace mal a nadie. Charia fue corriendo a hacer algo parecido, pero entonces creó a la Yarará, que es una víbora venenosa. Y como siempre:

—¡Ji, ji, ji! —se reía.

Para cazar tapires, Paí Reté Kuaraí tenía un truco. Había hecho un bichito que imitaba —igualito, igualito— el grito de ese animal. Cuando quería comer carne de tapir, él lo hacía gritar; al oírlo, los tapires creían que era uno de ellos que los estaba llamando, y en seguida se acercaban. Así era facilísimo cazarlos. Entonces Paí Reté Kuaraí dijo:

–Que cuando haya hombres en la Tierra, ellos puedan usar al bichito que grita como el tapir, para poder cazar siempre que quieran.

Pero Charia lo oyó y dijo:

–¡Ja! ¡Así, qué fácil les va a resultar a los hombres cazar tapires! ¡No me gusta!

Por eso, con el pretexto de cazar él también, le pidió prestado el bicho gritador a Paí Reté Kuaraí. Hizo que el animalito imitara el grito, pero cuando un tapir vino corriendo, él le tiró el bichito. Cayó sobre el lomo del tapir y se prendió para no caerse. Ahí mismo se convirtió en garrapata, la primera garrapata que hubo en el mundo. Desde entonces existen esos animalitos tan molestos (que se alimentan con la sangre de otros animales), y los tapires son siempre ariscos y difíciles de cazar.

Paí Reté Kuaraí se dio cuenta de todas las maldades que estaba haciendo Charia y se cansó de aguantarlo.

Un día lo llamó y le regaló un gorro de plumas con un adorno de madera para la frente.

–Tomá –le dijo–. Para vos.

–¡Qué lindo! –dijo Charia, y se lo puso.

–¿Esto te gusta? –le preguntó Paí Reté Kuaraí.

–¡Sí, me gusta! –contestó Charia. Pero en seguida sintió que algo le quemaba la frente, porque Paí Reté Kuaraí había escondido una brasita en el adorno. Se lo quiso sacar, pero se dio cuenta de que se le había pegado

a la cabeza. Entonces, corrió hasta un río y se zambulló. Pero ese fuego de Paí Reté Kuaraí no se apagaba con agua. Charia salió del río y empezó a correr, mientras el fuego le avanzaba por todo el cuerpo. De repente hizo "¡puff!" y se convirtió en un montón de cenizas.

El problema es que esa ceniza era tan maldita como él, y por eso se transformó inmediatamente en una nube de jejenes, que son como unas mosquitas chiquititas que parecen insignificantes pero pican que da miedo. Los jejenes volaron todos juntos, buscaron a Paí Reté Kuaraí y lo empezaron a picotear.

Paí Reté Kuaraí daba manotazos para todos lados, desesperado, pero no se los podía sacar de encima. Entonces pensó que si los bichos tenían algo más para picar, se iban a distraer; movió las manos de una manera especial, mágica, y aparecieron muchísimos animales. Había monos y gatos monteses, hurones y pájaros, patos y coatíes, y de todo un poco. Cuando los vieron, los jejenes se les fueron encima, pero pronto volvieron para aguijonear también a Paí Reté Kuaraí. Ya lo habían dejado todo hinchado y dolorido, y el pobre no sabía qué hacer. Entonces, llamó al creador Ñanderú:

—¡Ñanderú, Ñanderú! ¡Ayudáme, por favor!

Apareció Ñanderú, espantó a los jejenes –que se fueron volando, asustados– y a él le dio una vasija llena de rocío.

—Frotáte con esto y vas a quedar como nuevo –le dijo, y se fue.

Paí Reté Kuaraí le hizo caso y se frotó con el rocío.

En seguida le desaparecieron el dolor y las ronchas que le habían dejado los bichos.

Puso la vasija en el suelo y se sentó a descansar un poco. Pero aunque se habían ido los jejenes, habían quedado todos esos otros animales que él acababa de crear y que corrían y saltaban, alborotadísimos por las picaduras que habían recibido. Alguno de ellos, al pasar corriendo, le dio una patada a la vasija que tenía el rocío de Ñanderú, y la rompió. El líquido saltó por el aire y salpicó para dos lados. Y allí donde cayeron las gotas, crecieron una caña y una calabaza (como esas que sirven para hacer los mates).

Pero no eran una caña y una calabaza comunes. De la caña nació en seguida la primera mujer, y de la calabaza salió el primer hombre de la Tierra.

Paí Reté Kuaraí les señaló las colmenas con miel, que aparecían en algunos árboles, y les dijo cómo recogerla. Les enseñó cuáles eran las frutas silvestres que servían para comer, y les enseñó cómo juntarlas. Les dijo cuáles eran las plantas para hacer sembrados, les contó cómo cultivarlas y les explicó que iban a tardar meses en crecer. Les mostró todas las otras cosas de la Tierra. Les dijo cuál era la víbora venenosa y que tuvieran cuidado con ella. Les dijo los secretos de las plantas que sirven para hacer remedios, y también cómo cocinar, y cómo construir casas y cómo hacer sus cantos sagrados y rezar a Ñanderú.

Cuando terminó, Paí Reté Kuaraí –Nuestro Señor del Cuerpo Resplandeciente– subió al cielo junto con su amigo, el Loro del Discreto Hablar (aquel que le había contado acerca de los Seres Primitivos que se lo querían comer cuando era chico). Los guaraníes dicen que se lo llevó para que este charlatán no hablara de más en la Tierra. Porque conocía los secretos del espacio y del tiempo, unos secretos tan fuertes que el hombre que los conociera se volvería loco.

El Loro se fue a vivir cerca de Ñanderú y está en la entrada del Paraíso, cuidándola para que allí sólo entren las almas de la gente buena.

Paí Reté Kuaraí se convirtió en el Sol y sigue brillando como antes. Pero ahora brilla en el cielo; y tanto, que su luz nos llega a todos.

CUENTO CON MUCHOS PECARÍES
Y UN SOLO YACARÉ

Éste es un cuento que los guaraníes les suelen contar a sus chicos.

Dicen que una vez un hombre tenía un hijo de unos quince años, y un día le mandó que fuera a revisar las trampas que él había puesto para atrapar pecaríes, y mirara si no había caído alguno en ellas. (Los pecaríes son unos animales parecidos a cerdos salvajes.) El hombre, que sabía muchas cosas además de cazar, le dijo al muchacho:

—Si no cayó ninguno en las trampas, veníte en seguida para casa. Si ves huellas de pecaríes, no las sigas, porque ahí cerca hay un lugar peligroso. Yo sé por qué te lo digo.

—Pero si veo huellas de pecarí —le contestó el hijo—, en todo caso las sigo un poquito, nada más; porque en una de esas puedo cazar algo.

—¡Te digo que no! —dijo el hombre—. Es peligroso.

El muchacho se fue a revisar las trampas y vio que estaban vacías. Pero todo el suelo estaba lleno de pisadas de pecarí, que se alejaban por el monte. Y como era muy cabeza dura, dijo:

—Yo voy a ver si encuentro a estos pecaríes. No quiero volver con las manos vacías. Total, ¿qué me va a pasar?

Y así fue que preparó su arco y sus flechas, y empezó a seguir las huellas, que se perdían por entre los árboles. Siguiéndolas y siguiéndolas, por fin llegó a un palmar grandísimo. Ahí las huellas parecían recién hechas, fresquitas.

—Estoy cerca —dijo—. Ya los voy a encontrar.

Preparó entonces su arco, con una flecha. Pero de pronto, de atrás de un tronco de palmera salió un pecarí enorme, grande como una vaca y muy peludo, que le dijo con una voz que daba miedo:

—¿Qué estás buscando por acá vos?

El chico se quedó duro por el susto. Se había dado cuenta de que era nada menos que el Guardián de los Pecaríes, uno que se encarga de cuidar a estos animales y que es poderosísimo y muy bravo. El arco y la flecha se le cayeron de las manos.

—¡Te pregunté qué estás buscando por acá vos! —repitió el otro, con voz de trueno.

—Estoy buscando pe... ¡monos! —dijo el muchacho cazador, que estaba tan aturdido que casi dijo "pecaríes", cosa que al Guardián de los Pecaríes no le iba a gustar nada de nada.

—¿Pemonos? —preguntó el Guardián—. ¿Qué pemonos? ¿Me estás tomando el pelo?

—¡Monos, monos! —dijo el muchacho.

El Guardián se le acercó, le puso el hocico contra la nariz y le dijo:

—¡Pecaríes, querrás decir! ¿Vos te creés que yo soy estúpido?

—¡No, no, no! ¡Por favor! —le contestó—. ¡No, señor! Vea, yo, esteee... iba por acá nomás y...

—¡Y querías cazar pecaríes! Bueno, está bien, ¡basta de excusas! Tenés suerte: hoy me desperté de muy buen humor, así que no me voy a enojar. Y para que veas que estoy contento, te digo que te cases con mi hija.

—Es que yo... —empezó a contestar el chico.

—¿Cómo? —gritó el Guardián de los Pecaríes—. ¿No te querés casar con mi linda hija? —berreó, mostrando los colmillos.

—No, por favor, ¡lo que le quería decir es que yo tengo nada más que quince años! ¡Cómo me voy a casar!

—¡Y a mí qué me interesa tu edad! ¿Te pregunté tu edad yo? ¿A mí me vas a enseñar a qué edad hay que casarse? Decí la verdad: ¿nos despreciás? ¡A ver, decí!

—Pero no, ¡si es un honor! ¡Gracias! ¡Gracias! ¡Muchas gracias! —le dijo el muchachito, que estaba cada vez más asustado.

—¡Ah! ¡Mejor así! —dijo el Guardián. Se dio vuelta y gritó—: ¡Hija, vení para acá, que llegó tu novio!

En seguida apareció corriendo una pecarí gordita, que se puso a mirar al chico, muy coqueta. Atrás venía toda la parentela: como cincuenta pecaríes más, peludos y olorosos. El muchacho juntó fuerzas y le sonrió a la lechona.

–Bueno, ¡todo el mundo para casa! –ordenó el Guardián–. ¡Vámonos!

Y el muchacho se tuvo que ir con los animales, al trote, cada vez más lejos, por el palmar primero y por un monte cerrado

después. En el camino, los pecaríes se mostraron mandones y lo hicieron trabajar mucho: cada vez que llegaban a un árbol con frutas, él se tenía que trepar, arrancarlas y tirárselas para que comieran.

Después de mucho trotar, llegaron a una laguna enorme. El Guardián mandó que todos la cruzaran, pero el prisionero-novio no sabía nadar. Entonces, la hija del Guardián le dijo que se le prendiera fuerte a los pelos del lomo y que ella lo iba a llevar.

Así pasaron hasta la otra orilla, viajaron un buen rato más y encontraron un lugar para descansar. Los pecaríes se tumbaron y se durmieron, entre ronquidos y resoplidos, pero el muchacho pensó:

–¡Ahora o nunca! Tengo que aprovechar ya para escaparme, antes de que nos alejemos más.

Se levantó despacito, se fue en puntas de pies y cuando estuvo lejos se puso a correr como loco. Por fin, llegó a la laguna. Pero, ¿cómo iba a cruzar?

Pasó un pato nadando:

–¡Cruzáme a la otra orilla, pato! –le pidió.

—¡Ah, no! Yo soy muy chico y vos muy pesado para eso. Nos vamos a hundir —le contestó el pato.

Pasó nadando un biguá (una de esas aves negras que parecen patos y que siempre están zambulléndose en el agua).

—¡Cruzáme al otro lado, biguá! —le pidió.

—¡Ah, no! Yo soy muy chico y vos muy pesado para eso. Nos vamos a hundir —le contestó el biguá.

Pasó nadando un yacaré (esa especie de cocodrilo americano). ¡Éste sí que lo podía llevar! Era grande como un bote.

—¡Cruzáme al otro lado, yacaré! —le pidió.

Pero el yacaré lo miró de reojo y siguió de largo.

Entonces el muchacho pensó que había que congraciarse con el yacaré, y le pidió de esta manera:

—¡Señor de la espalda suave y de los ojos relucientes como flores, cruzáme, por favor!

Al yacaré, que era más feo que un susto, nunca le habían dicho un piropo. Frenó en el agua y retrocedió despacio, hasta quedar frente al chico.

—¿Cómo dijiste? —le preguntó.

—Dije: "¡Señor de la espalda suave y de los ojos relucientes como flores, cruzáme, por favor!".

—Ah, bueno... —contestó el yacaré, bastante extrañado—. Me acerco a la orilla, subíte a mi lomo y te cruzo.

Así hicieron, y el yacaré empezó a nadar, con el muchacho sentado encima. Pero en un ratito desconfió y dijo:

—¡Qué te voy a parecer de espalda suave y de ojos relucientes! ¡No te creo!

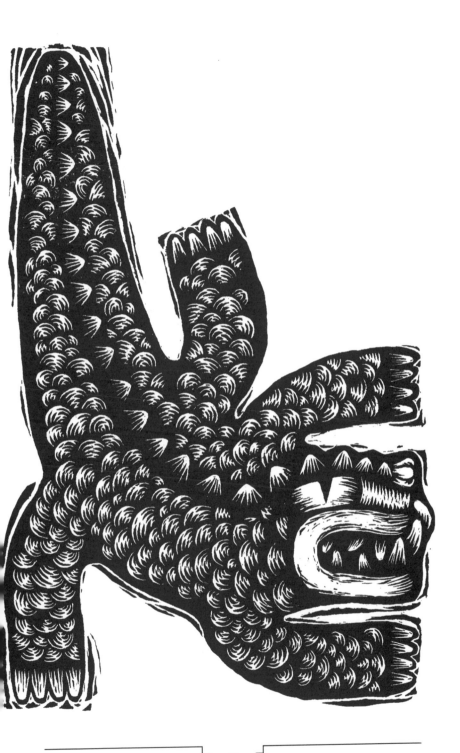

–¡Pero sí! ¡Creéme! ¡De veras! –contestó el chico–. En mi pueblo, todos dicen eso. Sobre todo las chicas, que siempre se acuerdan de vos.

Para el yacaré, esto era una sorpresa, una novedad que le gustaba mucho. Se empezó a poner ancho de gusto.

–¿Ah, sí? ¿Y qué dicen las chicas cuando se acuerdan de mí?

–Dicen: "¡Ay, ese señor de espalda suave y ojos relucientes como flores!" –inventó el pasajero sobre el lomo del yacaré.

–¡Ja, ja, ja! –se rió, contento, el otro. Pero al rato insistió:

–¿Cómo era que decían las chicas?

–"¡Ay, ese señor bonito de la espalda suave y de los ojos relucientes como flores!" –repitió el muchacho, que se estaba empezando a divertir tomándole el pelo (en el caso de que se le pueda tomar el pelo a un yacaré, que no tiene más que escamas y pellejo).

–¡Ja, ja, ja! –se rió contento el yacaré, abriendo mucho la bocaza.

Y cuando ya estaban llegando a la otra orilla, dijo otra vez:

–A ver, che, amigo, repetíme lo que dicen las muchachas de tu pueblo.

El otro se paró sobre el lomo del yacaré, haciendo equilibrio; se puso en puntas de pie, alzó los brazos y se sujetó a la rama de un árbol que daba sombra a la laguna. Levantó los pies, se trepó a la rama y gritó, mientras el yacaré seguía de largo:

–¿Sabés qué dicen siempre? "¡Yacaré viejo, de espalda como serrucho y ojos chiquitos!"

¡Cómo se enojó el yacaré! El muchacho subió por la rama, llegó al tronco, de allí saltó a tierra y salió corriendo. Pero entonces se dio cuenta de que el otro también había salido del agua y lo seguía, y de que ese yacaré era mucho más rápido de lo que él se hubiera imaginado, con esas patas tan cortas y esa cola tan pesada. El chico siguió corriendo y corriendo, y el otro le iba por detrás, como una flecha, aplastando plantas, quebrando ramas y bufando que daba miedo.

El perseguido llegó hasta un arroyo y allí vio a un pájaro martín pescador que, claro, estaba pescando.

–¡Ayudáme, ayudáme, martín pescador, que el yacaré me quiere comer!

–Escondéte en mi canasto, debajo de los pescados que saqué –le contestó. Él le hizo caso, se zambulló en la canasta y se tapó con un montón de mojarras, algunos bagres y varios sábalos.

Llegó el yacaré y vio al martín pescador.

—¿No viste a un muchacho, martín pescador? —le preguntó.

—No vi ninguno.

—¡Mentira! —gritó el yacaré—. Las huellas llegan hasta acá. ¡Vos lo escondiste!

—Yo no fui —dijo el otro.

—¡A ver ese canasto! —exigió el yacaré, furioso.

Entonces, el martín pescador agarró el canasto con las patas y salió volando. El yacaré se quedó abajo. Gritaba, rabioso, pero fue quedando lejos y más lejos y parecía cada vez más chiquito junto al arroyo: primero como una lagartija y después como un puntito.

Después de volar un rato, el martín pescador bajó, mucho más allá, y el muchacho salió de su escondite. Tenía bastante olor a pescado, pero se había salvado. Le dio las gracias al martín pescador y se fue para su casa.

Cuando se le pasó el susto, se rió muchísimo.

Eso sí: la vez siguiente, cuando fue a revisar las trampas para pecaríes y vio que ninguno había caído en ellas, se volvió en seguida para su pueblo. No le importó que el suelo estuviera lleno de huellas de esos animales, muchas pisadas fresquitas que iban para el monte.

¿QUIÉNES SON LOS GUARANÍES?

En el siglo XVI había por lo menos medio millón de guaraníes, que ocupaban zonas del Paraguay, el sur del Brasil, el oeste del Uruguay y el este argentino. Además, grupos emparentados con ellos (o, al menos, con idiomas parecidos) también se encontraban en partes de las Antillas y del norte de Sudamérica.

En la Argentina, vivían entonces en las actuales provincias de Misiones y parte de Corrientes, y en varios sitios a lo largo de los ríos Uruguay y Paraná. Incluso llegaban al Delta de ese río, poco antes de la desembocadura en el Río de la Plata, donde se los conocía como *chandules* o *guaraníes de las islas*. Y otro grupo guaraní, el de los *ava* (también llamados *chiriguanos* o *chaguancos*) habitó partes del Chaco paraguayo y boliviano y del noroeste argentino (donde aún viven sus descendientes).

COSECHAR, CAZAR Y PESCAR

Aunque supieron adaptarse para vivir en distintas regiones, los guaraníes siempre fueron fundamentalmente cultivadores de zonas selváticas. Para cultivar, cortaban los árboles con hachas de piedra (reemplazadas por otras de hierro desde la llegada de los españoles), quemaban los arbustos y la maleza y sembraban —con ayuda de un palo cavador— entre la ceniza que servía como fertilizante para el suelo.

Conocían muchas plantas cultivadas: maíz de varios tipos, porotos o frijoles, zapallos o calabazas, mandiocas o yucas, batatas, pimientos, manduvíes (maníes o cacahuates), algodón para hilar, tabaco y otras más.

A pesar de la gran cantidad de plantas que crecen en la selva, allí el suelo no es bueno para la agricultura y por eso la tierra de los cultivos guaraníes perdía su fertilidad tres a cinco años después de la primera siembra. Entonces, debían abandonarlos y mudarse unos kilómetros más lejos, donde limpiaban nuevas parcelas para sembrar.

Del monte sacaban frutas silvestres, palmitos de palmera, cientos de plantas medicinales, yerba mate, miel de avispas o de abejas silvestres y larvas de algunos escarabajos que, bien cocidas, se convertían en una comida nutritiva.

Para conseguir carne, cazaban varios animales, con arco y flechas y con trampas: tapires, pecaríes o cerdos silvestres, ciervos, corzuelas, carpinchos (unos roedores acuáticos, los más grandes del mundo, del tamaño de un cerdo), otros roedores más chicos, monos, coatíes y muchas aves. Juntaban huevos y también tenían algunos patos domésticos.

Además, eran grandes pescadores en los abundantes ríos y arroyos que cruzan la selva tropical. Para eso usaban arcos y flechas, anzuelos, nasas (trampas hechas con canastos) y venenos vegetales que echaban al agua para atontar los peces hasta poder atraparlos a mano.

Antiguamente, los guaraníes viajaban mucho por el agua, donde era más fácil desplazarse que en la selva cerrada. Eran buenos conocedores de los ríos, por donde hacían largos recorridos en sus canoas, cada una hecha con un tronco de árbol ahuecado.

POCA ROPA, MUCHO ADORNO

La ropa de los antiguos guaraníes era muy sencilla. En los viejos tiempos, muchos de ellos iban totalmente desnudos, especialmente en las zonas más calurosas. En los grupos de la Argentina, los hombres usaban el *chiri-*

pá (un delantal de algodón) y las mujeres el *tipoy*, un vestido de esa misma tela, largo hasta las rodillas. Además, se adornaban mucho, con vistosos tocados de plumas de colores para la cabeza, brazaletes de fibras vegetales y collares de semillas, de plumas o de dientes y garras de

animales. Atravesando el labio inferior, los hombres adultos llevaban su *tembetá*, una especie de botón de madera, piedra o metal, que tenía valor mágico.

LA GUERRA

Los guaraníes guerreaban frecuentemente. Una parte de estas guerras se iniciaba cuando, en busca de tierras para cultivar, se mudaban grupos enteros y avanzaban sobre nuevas zonas, chocando con los pueblos locales.

En la guerra, además de arcos y flechas, usaban unas mazas largas de madera pesada.

Tomaban prisioneros, y con muchos de ellos practicaban el canibalismo. Pero no comían carne humana para alimentarse, sino por razones mágicas, porque esperaban así adquirir el poder del alma y la fuerza de sus cautivos.

ALDEAS Y CASAS GRANDES

Tradicionalmente, los guaraníes vivían en aldeas formadas por varias casas grandes. Cada una de ellas estaba hecha con un armazón de troncos, y techo y paredes de paja y hojas de palmera. En cada una de estas casas vivía toda una parentela (abuelos, padres, hermanos y primos casados, con sus mujeres e hijos). Cada matrimonio ocupaba una especie de habitación, separada de las demás con una estera.

A veces, un hombre tenía varias esposas.

El mobiliario de estas casas era simple: bancos bajos de madera, canastos de distintas formas y tamaños (para guardar alimentos, adornos y otros objetos personales), ollas y cántaros de cerámica para el agua, morteros de madera para moler maíz, ralladores de mandioca y otros útiles de cocina. Y, para dormir, hamacas de red hechas con hilos de algodón.

La cantidad de habitantes de una aldea era variable, entre unos cincuenta y varios cientos de individuos.

CACIQUES Y SACERDOTES

Frecuentemente, los *tubichás* o caciques guaraníes eran *payés*, es decir, sacerdotes de su religión. Por lo común, no mandaban más que en su aldea, aunque a veces varias aldeas se unían para la guerra, bajo el mando de un solo jefe. Entre los guaraníes era bastante trabajoso ser cacique. Para empezar,

éste debía ser muy buen orador, ya que más que dar órdenes, el *tubichá* debía convencer a los demás. Por otra parte, estaba obligado a ayudar a su gente en caso de necesidad: conseguirles comida si les faltaba, asegurarlos contra los enemigos y guiarlos tanto espiritualmente como en la guerra.

Las enfermedades eran tratadas por los sacerdotes (que muchas veces eran también caciques, como vimos). Para eso, ellos utilizaban tanto ceremonias y canciones mágicas, como una asombrosa variedad de plantas medicinales.

DIOSES Y CANTOS SAGRADOS

La religión guaraní, que todavía perdura entre algunas personas, es muy elaborada y se basa en una gran cantidad de mitos, muchos de los cuales se transmiten en forma de cantos sagrados. Cuentan la historia de la creación de la Tierra; el origen de los animales, de las plantas, de los hombres y de la organización social, y las andanzas de los dioses.

Los guaraníes creen en un dios creador (cuyo nombre varía según los grupos), que inventó el lenguaje humano, hizo la Tierra y dio vida a cuatro dioses principales que completarían su creación: el del fuego, el de la primavera y el rocío, el del sol y el del trueno y las lluvias, cada uno con su mujer. A su vez, estas parejas de dioses tuvieron hijos que también fueron dioses.

Creen también que existe un Paraíso y una Tierra Sin Mal, un lugar donde no existen la enfermedad, la muerte ni el sufrimiento (durante siglos, grupos enteros hicieron larguísimas migraciones por la selva buscando esa tierra).

Tienen una gran cantidad de bailes y canciones religiosas para dirigirse a los dioses, y rezos individuales que hacen quienes buscan la perfección del alma.

Además de su música religiosa, los guaraníes tienen música para divertirse (ahora acompañada por algunos instrumentos de origen europeo, como la guitarra) y también canciones infantiles y de cuna. Y además de sus relatos sagrados conocen muchos cuentos para distraerse.

GUARANÍES Y ESPAÑOLES

Cuando a mediados del siglo XVI los primeros españoles llegaron a tierras de los guaraníes en el Paraguay, gran cantidad de éstos se aliaron con ellos, porque así buscaban hacerse fuertes frente a sus grandes enemigos, que eran otros aborígenes: los guaykurúes de la vecina

región del Chaco. Pero pronto acabaron esclavizados por los europeos, que los forzaban a trabajar en sus plantaciones, en la recolección de yerba mate y como remeros, cargadores o sirvientes. Muchos españoles tuvieron hijos con mujeres guaraníes, y esos mestizos formaron una abundante población criolla. Así fue como el idioma guaraní se hizo general en zonas del nordeste argentino y del Paraguay, país donde aún hoy gran parte de la población es bilingüe.

Los guaraníes del Delta del Paraná fueron dominados rápidamente, al poco tiempo de instalarse los españoles definitivamente en Buenos Aires (fines del siglo XVI), pero grupos de otras zonas pudieron resistir a los conquistadores, refugiándose en zonas apartadas de la selva y guerreando a los invasores.

A partir del siglo XVII, los sacerdotes jesuitas instalaron varias misiones para aborígenes en el Paraguay, el sur del Brasil y el nordeste argentino. Allí, muchos guaraníes encontraron protección contra los abusos de los españoles, pero debieron vivir de una manera muy distinta a sus tradiciones. Una serie de terribles epidemias por enfermedades llegadas desde Europa mataron a miles de estos guaraníes, cuyos organismos no tenían defensas naturales contra esos males antes desconocidos en América: sarampión, gripe, varicela y viruela. Cuando los jesuitas fueron expulsados por orden del Rey de España en 1767, parte de los guaraníes de las misiones cayeron en poder de amos españoles o criollos, otros se escaparon a la selva y muchos –ya bien acriollados– se instalaron en distintas zonas como campesinos independientes.

Entre todos los guaraníes, los del grupo mbyá, cuyos relatos se recogen en este libro, son quienes tienen menos influencia europea, porque siempre vivieron independientes en la selva.

Actualmente llevan una vida muy difícil, repartidos entre zonas del Paraguay, de la provincia argentina de Misiones (donde son unos tres mil) y del sur del Brasil. Desde fines del siglo XIX los fue arrinconando cada vez más la colonización de criollos y europeos, que los expulsó de sus tierras para talar la selva e instalar plantaciones y otras formas de uso del suelo. Hoy, los mbyá subsisten con dificultad, agobiados por la pobreza, la desnutrición y las enfermedades. La caza escasea debido a la destrucción de la selva y a la competencia con cazadores *blancos* que buscan pieles y saquean las trampas de los guaraníes. Hacen sus cultivos si disponen de terrenos; pescan y juntan miel silvestre y frutos del monte. Además, hacen canastos y tallas de madera (que se venden en las ciudades) para obtener dinero y comprar ropas y alimentos. Muchos de los hombres se emplean en las plantaciones o en los obrajes madereros de la zona. Los guaraníes ya no viven en casas grandes como antes, sino que ahora cada matrimonio construye su ranchito propio. Tienen escuelas bilingües exclusivas para ellos, pero generalmente éstas no tienen todos los grados, de modo que la mayor parte de los alumnos no completa los estudios primarios.

Aunque muchos mbyá se han convertido al cristianismo, otros —especialmente gente de más edad— conservan las antiguas creencias.

Los intentos por participar en las sociedades nacionales se han visto obstaculizados por intereses económicos y actitudes discriminatorias, como vemos en los siguientes ejemplos. En 1983, fue asesinado Marçal de Souza, líder de los mbyá del sur del Brasil; al parecer, fue por órdenes de un hacendado al que molestaban sus reclamos de tierras. Otro incidente, menos trágico pero de todos modos grave como muestra de discriminación, fue recogido en mayo de 1997 por los diarios argentinos. En esos días, el cacique Teodoro Martínez, de la comunidad aborigen Fracrán, denunció que el intendente de la localidad de San Vicente (provincia de Misiones) impidió la participación de los mbyá de ese grupo en un campeonato local de fútbol.

¿DÓNDE ENCONTRAMOS ESTAS HISTORIAS?

EL ORIGEN DE LA TIERRA y EL PRIMER FUEGO LLEGA A LOS HOMBRES

Estas adaptaciones sobre los mitos de la Creación y el don del fuego concedido a los hombres se basan en versiones de los cantos sagrados guaraníes recogidas por León Cadogan y publicadas en su artículo "Ayvu Rapyta. Textos míticos de los mbyá-guaraní del Guairá" (*Boletim Facultade de Filosofia, Ciências e Letras*, Universidad de São Paulo, N° 227, 1959), y en su libro escrito en colaboración con A. López Austin, *La literatura de los guaraníes* (México, Editorial Joaquín Mortiz, 1970).

NUESTRO SEÑOR DEL CUERPO COMO EL SOL Y SU HERMANO FUTURA LUNA

Esta adaptación del mito del Sol y la Luna se basa en versiones de las obras anteriormente citadas de León Cadogan, y de León Cadogan y A. López Austin. El episodio de la creación de la yerba mate se inspira en una versión reproducida en el libro de Lorenzo Ramos, Benito Ramos y Antonio Ramírez, *El canto resplandeciente. Ayvu Rendy Vera. Plegarias de los mbyá-guaraní de Misiones* (compilación, prólogo y notas de Carlos Martínez Gamba), edición trilingüe, Buenos Aires, Ediciones del Sol, 1984.

CHARIA HACE LAS COSAS DIFÍCILES

Esta recreación del mito acerca del enfrentamiento entre el Sol y Charia se basa en tres obras: dos de León Cadogan, "Ywira Neery. Fluye el árbol de la palabra" (publicado en *Suplemento Antropológico*, volumen 5, N° 1-2, páginas 7-111, Asunción, Universidad Católica, Revista del Centro de Estudios Antropológicos, 1970) y "Ayvu Rapyta. Textos míticos de los mbyá-guaraní del Guairá" (ya citada), y la restante de León Cadogan y A. López Austin, *La literatura de los guaraníes* (ya citada).

CUENTO CON MUCHOS PECARÍES Y UN YACARÉ

Esta reelaboración de un cuento popular mbyá se basa en versiones de las dos últimas obras.

Quien quiera conocer más acerca de los guaraníes, puede consultar estas obras –además de las ya citadas de León Cadogan, y de Cadogan y López Austin–:

Boixadós, Roxana Edith, y Palermo, Miguel Ángel, *Los guaraníes,* Buenos Aires, Libros del Quirquincho, Colección La Otra Historia, N° 7, Buenos Aires, 1991.

Cinti, Roberto R., "El pueblo que no quiere morir. Guaraníes", en revista *Temas y fotos*, año IV, N° 48, Buenos Aires, Editorial Pegaso, setiembre de 1993.

Gálvez, Lucía, *Guaraníes y jesuitas. De la Tierra sin Mal al Paraíso*, Buenos Aires, Editorial Sudamericana, Colección Sudamericana Joven / Ensayo, N° 5, 1995.

Kuperman, Teresa H. de, "Situación actual de los aborígenes mbyá de la provincia de Misiones", en *Suplemento Antropológico*, volumen 23, N° 23, páginas 149-158, Asunción, Universidad Católica, Revista del Centro de Estudios Antropológicos, diciembre de 1988.

Meliá, Bartolomeu, *El guaraní conquistado y reducido,*

Asunción, Centro de Estudios Antropológicos, Universidad Católica, 1986.

Newbery, Sara Josefina, "Grupos indígenas de la provincia de Misiones", en *Suplemento Antropológico*, volumen 23, N° 23, páginas 133-147, Asunción, Universidad Católica, Revista del Centro de Estudios Antropológicos, diciembre de 1988.

Palermo, Miguel Ángel, "El hierro, factor de innovación tecnológica entre los horticultores tropicales de la antigua provincia del Paraguay (siglos XVI y XVII)", en *Cuadernos de Historia Regional*, volumen III, N° 7, páginas 28-40, Universidad de Luján, diciembre de 1986.

Palermo, Miguel Ángel, "Guaraníes. La gente de la selva", en revista *AZ Diez*, N° 1, páginas 36-41, Buenos Aires, A.Z Editora, 1995.

Ramos, Lorenzo; Ramos, Benito, y Martínez, Antonio, *El canto resplandeciente. Ayvu rendy vera. Plegarias de los mbyá-guaraní de Misiones*, Buenos Aires, Ediciones del Sol, Colección Biblioteca de Cultura Popular, 3, 1984.

ÍNDICE

Esta edición de 4.500 ejemplares
se terminó de imprimir en
Indugraf S. A.,
Sánchez de Loria 2251, Bs. As.,
en el mes de junio de 1999.